Soy un superhéroe

LOS SUPERHÉROES

no llevan chupete

Isaura Lee – Christian Inaraja

edebé

Todo **SUPERHÉROE** necesita
un SUPERUNIFORME para salvar el mundo...

...Y una **SOCIA** que le ayude a atrapar a los villanos.

Juntos formamos **UN BUEN EQUIPO**.

Aunque Cloe tiene un gran problema.
No hace más que morder su tapón de goma todo el rato.
Hace «ÑAC, ÑAC» sin parar. **¡ES INSOPORTABLE!**

«ÑAC, ÑAC», cuando tomamos las superespinacas vitaminadas.

«ÑAC, ÑAC», cuando soñamos con los villanos.

«ÑAC, ÑAC», hasta cuando ideamos nuestros planes secretos.
¡ASÍ NO HAY SUPERHÉROE QUE PUEDA TRABAJAR!

Muchos han intentado acabar con el tapón de Cloe. Pero es difícil.
¡CUANDO LO HACEN RESULTA
UNA CATÁSTROFE!

BUAAAAAA

Por más que intentan esconderlo,
¡ELLA SIEMPRE LO DESCUBRE!

Así que yo tengo una nueva misión secreta:
hacer que **CLOE ABANDONE SU TAPÓN** para siempre.

—Cloe —le digo—, voy a nombrarte supersocia de superhéroe.
¡Te llamarás **«CLOE MARAVILLA»**
y tendrás misiones más importantes!

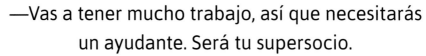

—Vas a tener mucho trabajo, así que necesitarás
un ayudante. Será tu supersocio.
¡Y SE ENCARGARÁ DE LLEVAR TU TAPÓN!

Pero Cloe prefiere elegir a su propio ayudante.

Menos mal que el plan ha salido bien.

Cloe ha entendido la lección: un superhéroe de verdad
SOLO NECESITA SU CAPA.

SNIF
SNIF

¡AHORA SOLO HAY QUE EXPLICÁRSELO A LARRY!

© Isaura Lee: Ana Campoy, Esperanza Fabregat, Javier Fonseca, Raquel Míguez, 2015
© Christian Inaraja, por las ilustraciones, 2015

© Edición: EDEBÉ, 2015
Paseo de San Juan Bosco, 62
08017 Barcelona
www.edebe.com

Atención al cliente: 902 44 44 41
contacta@edebe.net

Dirección editorial: Reina Duarte
Diseño de la colección: Book & Look

1ª edición, febrero 2015

ISBN 978-84-683-1572-0
Depósito Legal: B. 238-2015
Impreso en España/Printed in Spain